Maren Wurster

EINE
BEILÄUFIGE
ENTSCHEIDUNG

Roman | Hanser Berlin

Die Autorin dankt dem Goethe-Institut Irland und der Achill
Heinrich Böll Association, dem Deutschen Literaturfonds,
dem Niedersächsischen Ministerium für Wissenschaft und Kultur,
der Stipendiatenstätte Künstlerhof Schreyahn und der Samt-
gemeinde Lüchow (Wendland) sowie der Elterninitiative BNE e. V.

1. Auflage 2022

ISBN 978-3-446-27380-1
© Maren Wurster 2022. Dieses Werk wurde vermittelt
durch die Literarische Agentur Michael Gaeb.
© 2022 Hanser Berlin in der
Carl Hanser Verlag GmbH & Co. KG, München
Umschlag: Nurten Zeren, Berlin
Motive: © Adrian »Rosco« Stef; Tyler Mc Robert / Unsplash
Satz: Sandra Hacke, Dachau
Druck und Bindung: CPI books GmbH, Leck
Printed in Germany

EINE
BEILÄUFIGE
ENTSCHEIDUNG

Ein kläglicher Laut. Sie zuckte zusammen. In ihren Brüsten zog es, Milch schoss heraus. Warm. Drängend. Es war ein Lamm, das schrie, irgendwo da draußen vor dem Fenster. Lena rannte in den Flur, schlug die Tür hinter sich zu. Wie schwer ihre Brüste waren, bei jeder Bewegung, selbst beim Atmen spürte sie das Gewicht, allein dadurch, dass ihr Brustkorb sich hob und senkte. Das Lamm blökte wieder, noch entfernt zu hören, gedämpft hinter Tür, Raum und Fenster. Die Milch floss weiter, klebte Lenas Oberteil an die Haut. Um die Brustwarzen wurde der grüne Stoff dunkler, in größer werdenden, ovalen Flecken. Lena öffnete das Hemd, fing die Milch in den Händen auf, sie sammelte sich zwischen den Fingern und tropfte auf den Holzboden. Als sie es wieder schloss, waren die feuchten Stellen kühl und unangenehm.

Im Flur gab es einen in die Wand eingelassenen Schrank, ein Kessel war darin, Kupferrohre gingen von ihm ab, in den Fächern darüber lagen Handtücher und Wolldecken. Darin würde sie nichts mehr hören, auch nicht das Lamm. Lena legte eine Decke auf den Schrankboden, polsterte die Rückwand mit einem Handtuch und setzte sich neben den Kessel, die Beine eng an den Körper gezogen. Mit Schwung zog sie die Türen zu sich heran, ließ rechtzeitig los, um ihre Finger nicht einzuklemmen. Beim dritten Versuch schlossen sich die Türen, vorsichtig stellte sie die Füße dagegen. Ein schmaler Lichtstrahl fiel durch den Spalt in den Schrank, knickte am Kessel ab und lief daran entlang nach oben. Der Kessel war weder warm noch kalt. Seine Oberfläche, dessen Material Lena nicht benennen konnte, war uneben und in der Unebenheit ganz gleichförmig. Als hätte jemand es mit einem breiten Daumen besonnen und strukturiert bearbeitet, bevor es sich verhärtete.

Lena wachte auf und wusste nicht, wo sie war, bis sie die raue Decke spürte und gleichzeitig ihr Knie, das wie ihr ganzer Körper zitterte und dadurch gegen den Kessel schlug. Ihr Gesicht glühte. Die Luft war verbraucht und schwer, sauer roch es, vergoren. Die Brüste waren hart. Lena tastete sie ab. Das waren keine vollen Milchbrüste mehr, sie fühlten sich an wie mit Steinen gefüllte Lederbeutel. Würden sie nicht so schmerzen, könnte sie glauben, sie gehörten nicht zu ihr. Als sie vorsichtig das Hemd anhob, das von getrockneter Milch steif war, sah sie im fahlen Licht des Schranks dunkle Stellen auf der Haut, die linke Brust war schlimmer betroffen. Lena lehnte den Kopf an den Kessel, tief in seinem Inneren surrte etwas. Sie musste pinkeln, doch sie wusste nicht, wie sie überhaupt aufstehen sollte. Sie zog das Handtuch hinter dem Rücken weg, hielt es sich in den Schritt und ließ das Wasser laufen, das sich warm im Stoff verteilte.

Lena hatte Robert bei einem Seminar zur Selbsterfahrung in der Natur kennengelernt, zu dem das Modelabel, für das Lena arbeitete, sie geschickt hatte. Eine Woche war sie auf einer Hütte am Fuße des Göritzer Törls. Es gab einen Raum, in dem sie zu siebt schliefen, die Teilnehmer und Georg, der Bergführer. Und einen Raum fürs Kochen und Zusammensitzen mit einem Kachelofen, an den sie abends Socken und Anzüge hingen. Es roch nach Suppe, Kaffee, nasser Kleidung und Holz. Am Morgen ging es um sieben Uhr los. Die Sonne stand knapp über dem Hügelkamm. Manche ließen die Arme kreisen oder rieben sich die Hände. Lena rauchte eine imaginäre Zigarette und fächelte ihren wolkigen Atem von den anderen weg. Robert lachte darüber, ein großer und schöner Mann mit auffallend hellen Augen. Sie übten, wie sie die Harscheisen an den Skiern anbringen mussten, prüften die Lawinenpiepser, die sie an einem Gurt unter der Kleidung trugen, banden die Skier so zusammen, dass sie eine Trage bilden konnten. Gegenseitig mussten sie sich tragen, sowohl auf ebener Fläche als auch einen Abhang hinunter. Mehrere Male ließ Georg sie die Konstruktion zusammenbinden und wieder auseinandernehmen.

»Niemand geht oder fährt alleine. Niemals«, sagte Georg, »bei Nebel kann die Sicht unter zehn Metern liegen. Das geht schnell. So schnell könnt ihr gar nicht schauen. Wie viel sind zehn Meter?«

Sie sollten es abmessen.

Dann gingen sie hintereinander her. Georg hatte den Weg grob skizziert, einen Bogen mit seinem Arm gezeichnet, von einer Schlucht und Schneewehen erzählt, auf einen

Gipfel gezeigt, der so weit entfernt lag, dass Lena sich nicht vorstellen konnte, wie sie ihn erreichen sollte. Doch sie fand rasch in den Rhythmus, auf ihre Vorderfrau achtend, eine Juristin mit X-Beinen und kräftigem Stockeinsatz. Lena schob einen Ski vor den anderen, die Waden spannten sich abwechselnd an, sie setzte die Stöcke in den Schnee, neben, manchmal direkt in den Blumenabdruck eines anderen Skistocks. Als sie nach einiger Zeit zurücksah, war die Hütte schon nicht mehr zu sehen. Lenas Gesicht war feucht vom Atem, kalt vom Wind und heiß von innen.

Am dritten Tag fühlte sie sich schon beim Losgehen schlapp. Immer wieder musste sie anhalten, die anderen warteten auf sie, jeder Schritt war anstrengend. Sie sah zwar, dass der Schnee glitzerte, konnte sich dafür aber nicht wie an den anderen Tagen begeistern. Bei einer Teepause fragte Georg, wie es ihr gehe. Lena schüttelte den Kopf.

»Kannst du guten Kaffee machen?«, fragte er.

Sie nickte.

»Dann brau uns einen in der Hütte, so stark, dass wir heute Nacht nicht zu schlafen brauchen.«

Lena sah ihn fragend an. Und Georg wies auf Robert und Pamela. »Ihr schlagt Sahne dazu.« Er zeigte ihnen, wie sie zur Hütte abfahren, wo sie zwischendurch halten und aufeinander warten sollten.

»Bleib einfach direkt hinter mir«, sagte Robert.

Mit wackeligen Beinen fuhr Lena ihm nach. Robert zog lange Bögen mit schmal gestellten Skiern, und das trotz des Tiefschnees. Er machte mehr Pausen als nötig und lächelte sie unter seiner Skibrille jedes Mal an, wenn sie neben ihm zum Stehen kam. Als die Hütte in Sichtweite vor ihnen lag, winkte Pamela den beiden zu und wedelte elegant hinab.

Lena fuhr weiterhin hinter Robert her. Als sie ankamen, öffnete sie die Bindung, ließ sich in den Schnee fallen und machte mit müden Armen und Beinen einen Engel. Ein blauer gleißender Himmel über ihr. Robert reichte ihr die Hand und zog sie wieder hoch.

Am vorletzten Abend auf der Hütte stapften Lena und Robert ins Dorf hinab. Sie gingen über Flächen, die im Mondschein weiß leuchteten, überquerten eine geschotterte Straße, ihre Sohlen knirschten. Einmal sank Lena so tief in den Schnee ein, dass er in ihren Stiefel quoll. Sie spürte, wie der Schnee an der Haut schmolz. Der Fuß war beim Gehen nun etwas schwerer. Im Dorf gab es ein Gasthaus, die Stube war qualmig und warm. An einem langen Tisch saßen mehrere Männer, einer hatte den Kopf auf die Tischplatte gelegt, und sein speckiger Hut lag offen vor ihm. Kurz wurde alles still, dann rief einer der Männer Lena und Robert zu sich. Auf der Bank wurde Platz gemacht, sie setzten sich, Lenas Schenkel drückte sich an Roberts. Robert erwiderte die Berührung. Schnaps wurde gebracht. Lenas Wangen wurden heiß, und sie zog unterm Tisch die Stiefel aus. Der Mann neben ihr stellte sich als Bürgermeister vor. Er schüttete aus einer Dose Schnupftabak auf seinen Handrücken und zog ihn in das eine, den Rest in das andere Nasenloch. Dann hielt er den Tabak Lena und Robert hin. Sie machten es ihm beide nach. Ein bitterer Reiz, es kribbelte, und Lena unterdrückte ein Niesen. Robert legte den Kopf in den Nacken und schloss die Augen.

»Das Kokain der Berge«, sagte er.

Sie waren rasch betrunken und auf eine angenehme Weise aufgedreht. Lena flirtete mit dem Bürgermeister. Wickelte sogar spielerisch eine Strähne um den Finger und zwinkerte Robert zu, was ihn zum Lachen brachte. Zwischendurch versicherten sie einander, wie toll es gewesen war, sich aufzumachen, nicht wie die anderen im Schlafraum zu liegen und die Anstrengung der Tour auszuschwitzen.

»Diese Langweiler«, sagte Robert.

»Wo kommts ihr her?«, fragte ein Mann am Tisch, er hatte ein grobschlächtiges Gesicht mit glasigen Augen und einem sanften Blick.

»Berlin«, sagte Robert.

»Berlin«, sagte Lena.

»Kinder?«

»Wie bitte?«, fragte Lena.

»Zwei«, sagte Robert, »die Große ist sechs, kommt im Sommer in die Schule. Der Kleine ist drei. Liselotte und Konrad.«

»Liselotte? Nie und nimmer«, flüsterte Lena in Roberts Ohr, ihre heiße Wange berührte die von Robert.

»Sie spielen auf dem Spielplatz, auf dem wir schon als Kinder gespielt haben. Wir kennen uns seit dem Sandkasten.« Roberts Wange löste sich von ihrer, sein Blick flirrte zwischen ihren Augen hin und her, obwohl er zu dem Mann sprach.

»Der war früher direkt an der Mauer, der Sandkasten«, sagte Lena.

»Osten oder Westen?«, fragte der Mann.

»Westen«, sagten sie beide.

Der Bürgermeister bestellte weiteren Schnaps. Robert trommelte mit den Händen auf die Tischplatte. Ein Mann stimmte ein, erweiterte Roberts Rhythmus, der sich auf das Spiel einließ, neue Variationen erfand. Lena griff ihm in den

Nacken, es war eine spontane Regung, der sie nachgab. Sie fuhr durch seine Stoppeln. Robert kam aus dem Takt und legte den Kopf auf ihre Schulter. Am Kinn spürte Lena seinen warmen Atem.

Sie gingen erst, als der schlafende Mann von zwei anderen geweckt und dann unsanft an den Armen, den Hut schief ins Gesicht gezogen, nach draußen geführt wurde. Stühle wurden auf den Tisch gestellt. Der Bürgermeister beglich die Rechnung, auch ihre, und lud sie zum Gottesdienst am kommenden Sonntag ein.

»Ja«, sagte Lena und küsste ihn auf die Wange und wusste schon nicht mehr, wann genau der Gottesdienst stattfinden sollte.

Hand in Hand rannten Robert und sie, soweit der Schnee und ihre Kräfte es zuließen, zurück. Robert stolperte und zog Lena mit in den Schnee, die laut lachen musste. Sie fanden ihre Spur vom Hinweg und traten in die Stapfen. Stritten sich, welche von wem gewesen waren.

»Nie und nimmer habe ich so riesige Füße«, sagte Lena, »ich bin hier gelaufen und du da drüben.«

»Nee, das ist eindeutig mein Gang, stolz und erhaben«, sagte Robert, »ich will in meinen Abdrücken zurückgehen.«

»Das sind nicht deine.«

»Doch.«

»Nein.«

»Ich hab die Lösung!« Robert drehte Lena den Rücken zu, ging in die Hocke. Sie verstand und sprang auf. Umschlang seinen Hals, drückte ihr Gesicht in seine Haare. Und ließ sich wiegend tragen.

Vor der Hütte fielen sie erneut in den Schnee.

»Musik?« Robert keuchte und lachte.

»Musik!«

»Deine oder meine?«

»Deine. Lass mal hören.«

Irgendwann kroch Lena doch aus dem Schrank heraus. Sie ertrug den eigenen Geruch darin nicht mehr, die feucht-warme Luft, die Enge. Und sie musste die Milch loswerden. Schlotternd stand sie vor der Badewanne und wartete. Der Boiler erhitzte brummend das Wasser. Als sie in den Spiegel sah, erschrak sie. Vor allem über ihren Blick, der wirr wirkte. Und mager war sie geworden, unter den Jochbeinen fielen die Wangen ein wenig ein. Schön eigentlich, wenn sie sich nicht so schrecklich fühlen würde. Oder eher so überhaupt gar nicht fühlte, nur der Körper eine einzige Entzündung. Auch die Brüste, sie konnten glatt operiert sein, so prall standen sie ab. Lena machte einen Schritt auf dem kalten Boden zum Spiegel hin. So konnte sie ihren Bauch sehen. Er war immer noch faltig, mehr Haut als Muskeln. Ohne Narbe, dabei hatte sie so gebettelt, um den Schnitt durch die Bauchdecke und vor allem die Vollnarkose.

Das heiße Wasser tat gut. Das Gewebe wurde weicher. Milch floss. Auch nachdem sie aus der Wanne gestiegen war. Lena fing sie in einem Glas auf, sah aus wie trübes Wasser. Allmählich, Lena strich die Brüste nun mit der Hand aus, wirkte die Milch sämiger, nahrhafter. Sie schwenkte das Glas hin und her, die Milch hinterließ einen wellenförmigen Rand. Lena setzte es an und trank.

»Hallo. Ich bin's, deine Sandkastenliebe.«

»Hallo du, süßeste Spielkameradin Westberlins.«

»Weißt du noch, wie ich das Mädchen mit der Schaufel geschlagen habe und ihre Lippe geblutet hat, weil sie mit dir eine Sandburg bauen wollte?«

»Schon damals warst du so eifersüchtig. Sexy. Und weißt du noch, wie wir uns im Kletterturm, oben in dem kleinen Häuschen, versteckt haben? Weil wir partout nicht nach Hause wollten.«

»Schon damals nicht.«

»Deine Mama hatte gerufen. Und wir haben uns gegenseitig die Hände gedrückt, um nicht zu lachen.«

»Und als wir auf der Schaukel geraucht haben? Die geklaute Zigarette deines Vaters?«

»Dir war so übel.«

»Und als ich mich zu dir auf den Schoß gesetzt habe, auf der Schaukel?«

»Was hast du dann gemacht?«

»Geschaukelt.«

»Warst du mit dem Rücken zu mir?«

»Nein, ich hatte meine Beine um dich gelegt. Und mich dabei so an dir gerieben.«

»Meine erste Erektion.«

»Ich konnte sie durch die Hose hindurch fühlen.«

»Ich leg mal kurz den Hörer zur Seite. Zieh dich aus währenddessen.«

»Schon geschehen.«

Ihr Leben bestand aus Arbeit, viel Arbeit, Ausgehen und wenig Schlaf. Sie gefielen sich darin. Robert wurde Berater und betreute sein erstes eigenes Projekt für ein Unternehmen in Süddeutschland, das Anlagen für Biokraftstoff produzierte und in Tansania eine Niederlassung eröffnete. Zu seinen Aufgaben gehörte, die Mitarbeiter zu schulen, kulturell sensibel vorzugehen. Es gab ein eigens entwickeltes Konzept für interkulturelle Kompetenz, das auf Kommunikationen und Handlungen übertragen werden sollte. Nicht nur Wohnen, Essen, Gepflogenheiten spielten eine Rolle, auch Gesten, innere Haltungen. Es ging darum, emotionale und kognitive Muster von Kunden und Mitarbeitern besser antizipieren, vielleicht sogar verinnerlichen zu können. So erklärte Robert es Lena, mit Worten, die ihr wie aus einem Prospekt erschienen. Sie selbst folgte dem Auf und Ab der Mode-Saisonen, was sich wie ein permanenter Ausnahmezustand anfühlte. Kaum war eine Kollektion für die Produktion bereit, war die nächste längst überfällig, immer gepaart mit dem Druck, das Noch-nie-Gesehene zu kreieren. Lena selbst arbeitete an konzeptionellen Fragen. Wie konnte Mode ethisch verantwortlich produziert werden und genau deswegen attraktiv und besonders sein? Nicht nur eine Frage der Stoffe, wie sie hergestellt und verarbeitet wurden, sondern auch – dabei kam ihr Bereich ins Spiel – von Gesichtern, Einstellungen, Settings. Selbst in der Schrifttype sollte etwas zu finden sein, das verantwortungsbewusst, beständig und zugleich überraschend wirkte.

Waren sie beide in Berlin, trafen sie sich abends in einem Restaurant oder einer Bar, tranken viel und sprachen über ihre Arbeit. Dabei sprangen sie von einem zum anderen, so viel hatten sie sich zu erzählen. Etwa wie die Sonne aus dem Meer auftauchte am Strand von Pangani, vom hysterischen Geschrei einer der Designerinnen, das abrupt enden konnte, als wäre ein Stück aus der Zeit herausgeschnitten worden, wenn sie sich wieder konzentriert und mit ruhiger Stimme einer Abnahme widmete, von den nächtlichen Stunden am Schreibtisch, Kollegen und Kolleginnen, »wie heißt die Schlampe?«, fragte Lena, der Sehnsucht nacheinander unterwegs. Lena fasste in Roberts Schritt. Einmal gingen sie nach einer langen Nacht morgens ins Freibad und sprangen in Unterwäsche ins Wasser.

»Philipp, mein Bruder, zieht jeden Morgen seine Bahnen«, sagte Robert, als sie nebeneinander am Beckenrand saßen, »ausgeschlafen und nüchtern, versteht sich.« Lenas Haare auf den Oberschenkeln standen ab, sie betrachteten sie beide. »Er belächelt, was ich mache. Kommt sich groß und wichtig vor, der Herr Doktor. Und schreibt doch nur immer das Gleiche, unter unterschiedlichen Überschriften.« Robert legte die Hand auf die Wasseroberfläche, er hatte schmale lange Finger. »Zu Hause sitzt er mit meinem Vater zusammen, schwenkt seinen Rotwein und spricht vom *linguistic gap*. Meine Mutter bewegt sich dann immer so leise, um die beiden nicht zu stören. Sie kann Gläser abräumen, ohne ein Geräusch zu machen.«

Lenas Rhythmus bestand nicht aus Tagen, sondern unterschiedlichen Phasen, wach zu sein. Selten schlief sie tief und traumlos, und wenn, dann meist nur kurz. Unbestimmte Zeiten verbrachte sie in fiebrigen Zuständen im Schrank oder auf dem Bett. Manchmal konnte sie sich nicht erinnern, wie und wann sie von dem einen in den anderen Raum gekommen war. Einmal betrachtete sie ausgiebig das Laken, wie es an der Matratze klebte und mit einem großen Fleck an die Lage ihres schwitzenden Körpers erinnerte. Dann wieder hörte sie das Baby weinen, konnte nicht orten, wo genau, irrte durch die Zimmer und rutschte auf einem Teppich aus. Rieb ihr Gesicht heftig und lange in die Schurwolle, erst die eine Wange, die andere, dann Nase und Stirn, bis es brannte. In klareren Momenten kühlte sie die linke Brust mit einem Handtuch, das sie in den Kühlschrank gelegt hatte. Tupfte den Eiter vorsichtig ab. Als sie lange und heiß badete, löste sich ein Pfropfen, und, nachdem zunächst etwas Blut austrat, floss wieder Milch.

Im Wandschrank über der Spüle fand sie neben drei Streuern mit Rosmarin und einem mit Pfeffer Instantkaffee und Honig. Der Kaffee war eingetrocknet und schon längst über das Verfallsdatum hinaus. Lena schabte die Körner mit einem Löffel raus und übergoss sie mit heißem Wasser. Ihre Milch hellte das Getränk auf. Sie gab so viel dazu, bis es beige war. Nach längerem Rühren löste sich auch der Klumpen Honig auf. Wie intensiv der Kaffee roch, wie süß er schmeckte. Sie spürte, wie die Flüssigkeit durch ihre Speiseröhre in den Magen rann. Sie trank in hastigen, kleinen Schlucken. Stellte sich dafür an die Tür und lehnte sich an den Rahmen mit der Tasse in der Hand, eine so oft schon eingenommene Haltung aus einer anderen Welt. Ihr gegenüber, auf der anderen Seite des Hofs, stand ein Schuppen. Vielleicht zur Lagerung von Arbeitsmaterialien oder Holz oder einem Fahrrad. Das Fenster war ungewöhnlich groß, der Raum konnte auch gut als Atelier genutzt werden. In der Scheibe spiegelte sich der Zaun mit dem Tor, ein schmaler Streifen Asphalt, die Büsche auf der anderen Straßenseite.

Die Entscheidung für das Kind war eher beiläufig gefallen. War eigentlich keine Entscheidung gewesen, eher hatte Lena es zugelassen. Die Antibabypille hing an der Innenseite des Spiegelschranks. Neben dem Regal mit Becher, Zahnbürste und -pasta verdeckte der längliche Blister mit den kleinen Tabletten den linken Teil ihrer Stirn, sobald sie den Schrank öffnete. Zähne putzen, Pille nehmen, eine abendliche Routine. Bisher hatte sie nie eine vergessen, auch nicht, sie für Reisen einzupacken. Robert hatte angerufen, er bleibe länger in München. Meeting verschoben oder Flug verpasst, eines von beidem. Ob sie nicht kommen mochte. Für die Nacht. Sie mochte. Hatte es immer gemocht, ihn irgendwo zu treffen, wenn sie beide unterwegs waren. Am Flughafen den überall gleichen Zeichen zu folgen, durch gläserne Gänge, hinter denen Menschen standen oder saßen, in Wärme oder Kälte zu treten, eine Stadt aus dem Taxi zu sehen, Hotellobbys zu betreten, groß und majestätisch oder funktional und übersichtlich. In München hatte sie die Pille nicht dabei. Lena bemerkte es im Badezimmer, als sie sich die Zähne putzte. Sie zögerte, ging dann zurück ins Zimmer. Und schlief mit Robert. Obwohl er müde war, sie sah es an seinen Augen, liebte er sie hingebungsvoll, ließ ihr die Zeit, die sie brauchte. Erst danach rollte er sich von ihr, strich über ihren Arm, zwei, drei Mal, und schlief ein. Der Penis lag schlaff auf seinem Schenkel. Lena zog die Decke über Roberts Bauch, ging ins Bad, roch an seinem Hemd, das dort hing. Der septische Geruch der Reinigung, das Parfüm und sein herber Eigengeruch, er hatte geraucht und auch getrunken. Sie war immer geneigt, ihm anzubieten, seine getragene Wäsche mitzunehmen, doch sie tat es nicht.

Zunächst ließ Lena jede zweite Tablette aus und bildete eine gleichmäßige Struktur, in der sich weiße Pillen mit eingedrückten Plastikhubbeln abwechselten, darunter das gerissene Aluminium. Im nächsten Zyklus änderte Lena das Muster, nahm die erste Pille nicht, dafür die nächsten zwei, die nächsten drei wieder nicht und so weiter. Der Rhythmus ging auf bis zur einundzwanzigsten Tablette.

»Ich lasse hin und wieder die Pille weg«, sagte sie eines Morgens am Frühstückstisch zu Robert.

»Hm?«, er sah von seiner Zeitung auf.

»Ich nehme sie regelmäßig unregelmäßig.«

Robert legte die Zeitung auf den Tisch und knibbelte mit seinem Zeigefinger am Daumen. Die Haut dort wuchs vom vielen Reiben nicht mehr gleichmäßig nach. Meist standen Fetzen ab, die er hin und her rollte, bis sie sich lösten. Er schämte sich dafür, für die wunden Stellen, die zurückblieben, cremte sie ein und hoffte, niemand sähe es. Was, glaubte Lena, auch niemand tat.

»Okay«, sagte er. Hob dabei die Stimme an.

Den Mann sah Lena zum ersten Mal, als sie sich, dem Sonnenstand nach konnte es Nachmittag sein, an die Tür stellte. Sie war schwach vom Fieber, selbst im Liegen war ihr schwindelig. Also schleppte sie sich an die Tür und öffnete sie, streckte den Kopf ein wenig nach vorne. Ein heftiger, kalter Wind wehte, er bedrängte sie, schlug ihr die Haare ins Gesicht. Es war anstrengend, ihn nur auszuhalten. Unvorstellbar, sich ihm mit dem ganzen Körper auszusetzen. Sie würde in ihm verschwinden. Im Fenster des Schuppens spiegelte sich die Straße. Der Asphalt senkte sich leicht zu den Seiten ab. Am Rand lag Schotter, aus dem einzelne Halme ragten. Plötzlich erschien in dem Bild ein großer, hagerer Mensch, der am Zaun entlangging. Er trug einen Rucksack, unter dessen Gewicht sich der Oberkörper leicht nach vorne neigte, Griff und Stiel eines länglichen Gegenstands schauten heraus. Vielleicht stemmte er sich auch nur gegen den Wind. Intuitiv zog Lena sich in den Türrahmen zurück. Im gleichen Moment wendete der Mann den Kopf zum Schuppen. Lena sah sein längliches Gesicht, die Augen saßen tief in den Höhlen. Lena trat ins Haus zurück, schloss die Tür, geräuschvoll, da sie sie gegen den Wind drücken musste. Ihr Herz pumpte, und ihr wurde übel. Sie musste sich auf den Boden setzen. Später blickte sie wieder nach draußen, doch abgesehen von einem Transporter, der vorbeifuhr, blieb die Straße leer.

»Komm mit mir mit«, sagte Robert zu Lena. In seiner Hand lag eine kleine Pille, irgendetwas war eingestanzt, symmetrisch und rund. Lena konnte es in der Dunkelheit nicht erkennen. Vielleicht ein Schmetterling. Das Modelabel feierte die neue Kampagne und hatte dazu einen Club angemietet. Metamorphosen in der Natur, Lilien, die aus erdigen Zwiebeln erwuchsen, hatten die beiden Designerinnen zum Ausgangspunkt genommen, um grobe Stoffe mit filigranem, buntem Material zu kombinieren. Der Knopflauf einer Weste war aus Jute und Leinen mit dunkelbraunen Knöpfen aus Kokos, die Weste selbst aus Agavenfasern. Die Ärmel wirkten, als würden sie zerfallen, sollte jemand sie berühren. Lena hatte den Katalog dazu betreut und ihre Idee umgesetzt, mit queeren Jugendlichen als Models zu arbeiten. Ins Konzept hatte sie »genderfluid« geschrieben, was den Designerinnen gefallen hatte. Lena hatte intensiv recherchiert, war behutsam vorgegangen und hatte viele Gespräche geführt, mit den Jugendlichen, auch mit ihren Eltern. Ihr Selbstverständnis hatte Lena interessiert, wie sie mit der eigenen Sexualität umgingen und diese ausdrückten. Dass eine irritierende Uneindeutigkeit mitschwingen würde, hatte Lena gehofft, es aber nicht darauf angelegt. Beim Shooting hatten die jungen Menschen großen Spaß mit den Kleidern, die Fotografin erkannte die Situation und begann direkt zu fotografieren, während die Models die Kollektion anprobierten und untereinander tauschten. Noch nie hatte Lena so ausgelassene und spielerische Aufnahmen erlebt, die in vielerlei Hinsicht die Vorstellungen des Labels unerfüllt ließen und gerade darum so gut wurden. Sie war zufrieden mit dem Ergebnis ihrer Arbeit, an dem Partyabend hatte sie nicht nur mehrfach Lob erhalten, es stand auch im Raum, sie zum Head of Public Relations zu befördern. Zugleich fühlte sie sich unwohl, was sie mit einer verspiegelten Sonnenbrille und einer dunklen Wollmütze verbarg. Der Gedanke, schwanger zu sein, begleitete sie seit einigen Tagen.

Robert stand vor ihr, ebenfalls mit Sonnenbrille, sie sah sich selbst darin, verzerrt, mit großer Nase und nach hinten fliehendem Kopf, er hielt ihr beharrlich die Pille hin. Er mochte es, wenn sie gemeinsam abhoben. Er gab ihr dann den Raum, den sie zum Tanzen brauchte, umschwärmte sie. Und sie badete in seiner Zuneigung, fühlte sich schön und aufgehoben. Ein Gefühl, wie es Lena außerhalb dieser Nächte, Tage, zeitlosen Zeiten nicht kannte. Menschen tauchten aus dem Nebel vor ihr auf, und sie nahm ihr Wesen wahr, spürte Gutes in ihnen und spiegelte es zurück. Lena hatte mit Frauen getanzt, sie Robert zugeführt. Sie hatten sich alle geküsst. Waren Robert und sie zu Hause noch drauf, liebten sie sich unermüdlich. Robert war meist sehr erregt, konnte aber nicht kommen. Lena fühlte eine Kraft in sich, die sie immer wieder aktivieren konnte, bis sie irgendwann wund auf Robert liegen blieb und einschlief. Nach dem Aufwachen tranken sie Kaffee und redeten wenig. Robert holte Gyros, stark gewürztes Fleisch war das Beste für einen verkaterten Tag, sonst aß Lena keines. Danach arbeiteten sie. Meist saß Robert am Rechner, in Unterhose und Shirt, und bereitete Präsentationen vor. Lena lag im Bett und zeichnete Modeentwürfe in ihren Block. Das war, was sie gelernt hatte und ihr immer noch gefiel, vor allem mit dicken Filzstiften zu arbeiten, die klare Konturen schufen. Doch das Unsichere, das unweigerlich nach den Drogen kam, zu ertragen und in gewisser Weise kleinzuhalten, war anstrengend. Lena wartete dann auf neuen Schlaf, der ein besseres Aufwachen mit sich bringen könnte, darauf, sich wieder eingependelt und anwesend zu fühlen.

Sie nahm die Pille aus Roberts Hand, biss nur ein Stück ab und ließ den Rest unbemerkt auf den Boden fallen. Bitter lag sie auf der Zunge. Lena spülte mit Cola nach. Begann auf Roberts Brust zu schlagen und ihn anzufeuern und merkte, dass sie ihm nicht würde folgen können. Er nahm die Brille ab, sein Kopf bewegte sich nach oben, er tanzte. Sie imitierte es und war doch nicht dabei. Später übergab sie sich auf der Toilette. Gegen Morgen verließ sie die Party. Robert kam mit vor die Tür und schützte seine Augen mit der Hand vor der Sonne.

»Was ist los, Nachtpfauenauge?«, fragte er.

Lena zeigte in den Himmel.

»Komm wieder rein. Da drinnen gibt es keinen Tag.«

»Komm du doch mit.«

Robert riss ein Blatt von einem Strauch ab, an dem sie standen, und warf es ihr ins Gesicht. Eine Geste, die sie nicht deuten konnte.

Am Nachmittag des nächsten Tages kam er nach Hause, er sah schmal aus, hatte Gewicht verloren in der kurzen Zeit und große Augen, die ein wenig erschrocken wirkten. Selbst nach der Dusche roch er noch nach Rauch und saurem Schweiß. Verdruckst suchte er Lenas Nähe und schlief in dem kurzen Moment, in dem sie sich ihr Oberteil über den Kopf zog, in ihrem Bett ein. In der Toilette schwamm Konfetti, auf das sie sich erbrach.

Von da an fühlte sie mehr und mehr, dass sie nicht mehr mitziehen konnte. Die Arbeit fiel ihr schwer, sie quälte sich mit Übelkeit und war durchgehend müde. Meetings in den späten Abendstunden erschöpften sie so sehr, dass sie auf dem Heimweg weinte. Manchmal konnte sie trotzdem nachts nicht schlafen, ihre Beine waren unruhig, als wären sie elektrisch aufgeladen. Am liebsten hätte sie sie unentwegt ausgeschüttelt. Sie sollte nach New York fliegen, einen neuen Fotografen kennenlernen. Sie fürchtete sich, vor dem Flug, dem Termin. Sie wollte nicht fliegen, auch wegen des Kindes, und ließ sich krankschreiben. Eine Kollegin übernahm die Aufgabe. Vom Head of Public Relations war keine Rede mehr. Robert bereitete einen Pitch vor für die unternehmenspolitische Beratung alternativer Energieanbieter. Ihre Schwangerschaft hatte er kommentiert mit »Jetzt schon?« und um Zeit gebeten, er könne nicht direkt über die Anschaffung einer Wickelkommode nachdenken. Was sie gar nicht gefordert hatte. Lena ging weiterhin aus mit Robert, gut essen, auf Partys. Auch als sie schon einen deutlichen Bauch hatte, tanzte sie auf Pontons oder im Sand. Doch es war nicht wie früher, es war, als wären Robert und sie in zwar durchsichtigen, aber unterschiedlichen Räumen unterwegs. Er war erleichtert, wenn sie beschloss zu gehen, sie sah es an seinem Blick, der an ihr vorbeiging. Er küsste sie flüchtig zum Abschied. Im Taxi schlief sie ein, bis der Fahrer sie vor der Haustür weckte.

Von nun an wartete sie auf den Mann. Lena zwang sich, morgens aufzustehen. Ihre Milch floss weiterhin beständig und mit mittlerweile geübten Handgriffen strich sie als Erstes die Brüste aus. Immer noch groß waren sie und schwer, aber das Gewebe war weicher, es zu kneten nahm das Spannungsgefühl. Der Milchfluss erschöpfte und erleichterte sie zugleich. Sie öffnete die Tür und stellte den Stuhl auf die Schwelle. Bald würde die Sonne in den Hof scheinen, noch war der Boden in dunklem Schatten. Es gab fast keinen Kaffee mehr. Ungefähr drei Teelöffel waren noch übrig. Sie nahm nur einen halben. Ganz wässerig war der Kaffee, durch ihre Milch immerhin süßlich. Mit der Tasse im Schoß setzte sie sich auf den Stuhl und stellte ihre nackten Füße in den Türrahmen. Ihre Zehennägel waren lang, vorne breite weiße Streifen mit scharfen Ecken, die, wenn sie sie über den Unterschenkel rieb, Striemen zwischen den Haaren hinterließen. Auf den Nägeln der großen Zehen waren noch fransige Reste von rotem Nagellack. Links ein Pferd, mit etwas Fantasie, rechts ein Sonnenuntergang. Eine Bewegung in der Scheibe ließ sie aufblicken. Morgens war die Spiegelung aufgrund des Sonnenstands nicht so gut, doch sie erkannte, dass der Mann wieder die Straße entlangging. Er blieb stehen und sah in den Hof.

Der Kleine stemmte seine Beine gegen Lenas Zwerchfell. Sie lag seitlich im Bett und atmete schnell. Als sie aufstehen wollte, fuhr ein Schmerz so stark in ihren unteren Rücken, dass sie mit einem Aufschrei in ihre ursprüngliche Lage zurückwich. Lena legte die Hände auf ihren Bauch. Vielleicht war das sein Hintern, der sich da unter ihren Fingern hin und her bewegte. Sein Popo, dessen Haut sie bald berühren, den sie sauber machen und tätscheln würde, wenn er auf dem Bauch läge.

»Ist ganz schön eng da drin«, sagte sie. Und: »Mein Kleiner, wir schaffen das.« Und dann auch noch: »Ich freue mich auf dich.«

Sie versuchte erneut, sich zu bewegen. Nur unter starken Rückenschmerzen war es ihr möglich. Sie saß lange auf der Bettkante und atmete stoßweise aus, dann richtete sie sich mit in den Rücken gedrückten Fäusten auf. Seit sie das Paket mit dem Stubenwagen ins Wohnzimmer gezogen hatte, tat ihr der Rücken weh. Doch das war nicht vergleichbar mit dem Schmerz, den sie jetzt hatte. Sie konnte das Becken kaum mehr bewegen.

»Eine Rückenblockade«, sagte dann auch der Osteopath, zu dessen Praxis sie sich mit dem Taxi hatte fahren lassen. Allein aus dem Auto zu kommen und die Treppen in den zweiten Stock zu steigen, war schwierig. Da niemand im Treppenhaus war, nahm sie die letzten Stufen auf allen vieren, die Fasern des Sisalteppichs stachen ihr in die Finger.

»Nach der Geburt ist das weg.« Der Osteopath legte ihr nach der Behandlung eine Moorpackung auf. »Das Gewicht muss weg, vorher wird sich nicht mehr so viel tun.«

»Und dann?«

»Dann wird es gut sein. Oder du kommst wieder.«

Die letzten zwei Wochen vor der Geburt waren eine Tortur für Lena. Sie ging weiterhin täglich spazieren, in breit gestellten kleinen Schritten. Alles andere war mit stechenden Schmerzen verbunden. Sie beobachtete andere Mütter, es gab so viele, auch wenn Lena einen Bogen um Eisdielen und Straßencafés machte, überall trugen sie ihre Babys vor den Bauch oder auf den Rücken gebunden, schoben sie in Kinderwagen vor sich her, tranken gemeinsam Kaffee aus Pappbechern und wirkten so unbeschwert.

»Robert, ich habe Angst, dass die Schmerzen nicht weg sind nach der Geburt«, sagte sie.

»Aber der Osteopath hat es doch gesagt.«

»Was, wenn nicht? Wenn ich den Kleinen nicht hochheben kann?«

»Das ist nur deine Angst.«

»Bist du dann da?«

»Lena, bleib mal bei dir. Du hast Angst, das ist wahrscheinlich normal. Die Hormone. Die Geburt. Das wird alles gut.«

»Ich habe Angst, allein mit ihm zu sein und nicht für ihn sorgen zu können.«

»Lena, das ist dein Thema.«

»Kannst du nicht freinehmen?«

»Was ist mit Petra?«

»Die arbeitet.«

»Deine Mutter?«

Lena schnaubte. »Die weiß doch nicht mal, in welchem Monat ich schwanger bin. Kannst du nicht?«

»Du bist total neben dir.«

»Ja, bin ich. Ich schlepp mich nur noch durch die Zeit, ich kann nicht schlafen, ich kann nicht sitzen. Ich kann gar nichts mehr. Sag mir doch einfach, ob du da bist oder nicht.« Lena war laut geworden.

»Wir reden wann anders weiter«, sagte Robert und ging aus dem Zimmer.

»Ich will es doch einfach nur wissen«, schrie sie ihm hinterher.

Robert sah zurück und sagte: »Du wirst Mutter, Lena. Du hast es so gewollt. Jetzt komm auch klar damit.«

»Den Satz hast du von meiner Mutter.«

»Nein, das sind einfach die Tatsachen. Aber das nimmst du nicht mehr wahr. Wo bist du überhaupt?« Auch Robert war nun laut geworden.

»Das weiß ich auch nicht«, schrie sie.

Als Kind hatte Lena einmal im Bus neben ihrer Mutter gesessen. Es ging vom Flughafen zu einem Hotel an der Küste. Lena war schlecht, schrecklich schlecht, wie so oft früher. Der Fahrer bremste, sie flog nach vorne, ein Schwall in ihrem Inneren auch, dann fuhr der Bus laut fauchend wieder an. Lena legte den Kopf in den Schoß der Mutter, auf die helle Baumwolle und in einen blutigen Geruch hinein. Die Mutter schlug die Beine übereinander, sodass Lenas Kopf auf das kratzige Sitzpolster rutschte.

Auch jetzt rutschte sie, sank in die Knie, stützte sich ab, rollte sich seitlich auf dem Boden ein und weinte.

»Drama-Queen«, hörte sie Robert noch sagen.

Eines Morgens, die Sonne stand noch tief, lehnte eine Ananas am Tor. Sie erkannte die Frucht sofort, zwischen den zwei Stäben, die festen, nach oben gebogenen Blätter und die gemusterte Schale. Lena erschrak und verkroch sich in den Schrank. Unentwegt kreisten ihre Gedanken um die Ananas, die dort stand. Sie wusste, dass sie für sie war. Und sie wusste auch, dass sie sie holen musste. Also stand Lena auf und sah nach draußen, in der Hoffnung und Furcht, beides zugleich, die Frucht könnte weg sein. Aber sie stand weiterhin da, wartete beharrlich, fast schon trotzig auf sie.

Wie knochig ihre Füße geworden waren, die Sehnen und Adern waren deutlich unter der Haut zu sehen. Lena schlüpfte in ihre Schuhe, die sie erst suchen musste und hinter der Couch fand. Es war windstill und warm draußen. Lena fror trotzdem. Sie blinzelte mehrere Male, dann bog sie rasch um die Ecke des Hauses, sechs Schritte waren es bis zum Tor. Der Riegel hing etwas fest und quietschte, als sie ihn öffnete. Sie blickte die Straße hoch und runter, es war niemand da. Lena nahm die Ananas, schob den Riegel wieder in die Fassung und eilte zum Haus zurück.

Sie war aufgeregt, als sie behutsam die Schale abschnitt, um so viel Fruchtfleisch wie möglich zu erhalten. Wie gut das erste Stück schmeckte, die Säure im Mund, wie sich alles zusammenzog. Lena saugte, kaute, schluckte. Es kam ihr vor, als verbrächte sie Stunden damit, die Ananas zu essen.

Von da an stand regelmäßig Essen am Tor. Beim nächsten Mal waren es zwölf erdige Kartoffeln in einer Papiertüte. Lena aß sie mit Rosmarin bestreut. Sie musste den Mund wieder öffnen beim ersten Stück, so heiß lag es auf ihrer Zunge, zerdrückte es dann am Gaumen, der sich später rau anfühlte. Zum ersten Mal war ihr nicht mehr kalt an diesem Tag. Dann fand sie einen Apfel, dessen Saft ihr ins Auge spritzte, als sie hineinbiss. Lena aß ihn, bis nur noch ein schmaler Apfelputz übrig blieb. Die Kerne holte sie aus ihrem Gehäuse und legte einen Kreis aus ihnen, die dickeren Enden nach außen gerichtet, sodass ein Blumenmuster entstand. Ihre Milch schmeckte nun anders, süßer. Als sie am nächsten Tag, drei Zucchini waren es diesmal, wieder die Straße runter-, dann hochblickte, sah sie den Mann am Straßenrand gehen. Er trug wieder den Rucksack mit dem Spaten, seine Füße schleiften über den Boden. Groß war er, dunkel gekleidet, seine Arme hingen am Körper herab. Er drehte sich um. Sein Kopf zuckte zurück, als er sie entdeckte. Lena starrte ihn an. Er hatte strubblige, helle Haare, sein Blick war ernst und hielt ihrem stand. Lena rührte sich nicht. Sie konnte schnell zurück ins Haus, der Schlüssel steckte von innen im Schloss. Der Mann hob langsam die Hand, und Lena griff nach dem Tor. Der Mann ließ den Arm sinken. Lena nahm die Zucchini, drückte sie an den Bauch und schloss das Tor. Dabei sah sie den Mann unentwegt an, er sie auch, regungslos. Nur sein schmaler Mund veränderte sich ein wenig, wurde weicher.

Als das Kind auf die Welt kam, zitterte Lena am ganzen Körper. Dabei war ihr gar nicht kalt, oder sie spürte es zumindest nicht. Mit gespreizten und erhöhten Beinen lag sie auf einem seltsamen Stuhl. Jede Wehe ließ Urin und Blut und Schleim aus ihr herausfließen. Sie sah das Skalpell aufblitzen, mit dem die Hebamme ihren Damm durchtrennte, der Körper noch weiter aufgerissen danach. Lena hatte ihn bereits verlassen und beobachtete in einem verschwommenen Zustand, als befände sie sich oberhalb der seltsamen Prozedur, wie sie, das war zugleich immer noch sie, die da lag, wie sie unablässig ihre Füße in den wollenen Socken vor und zurück bewegte. Als pumpten sie Luft. Eine Zange fuhrwerkte währenddessen in ihrer Vagina herum, die nicht mehr zu erkennen war, nur noch ein weit geöffnetes Loch, die Scheren ergriffen den Kopf des Kindes und zogen.

»Ich will schlafen«, sagte sie zu der Hebamme, als diese ihr das Kind auf den Bauch legen wollte.

Sie erinnerte sich, wie sie durch Gänge und in einen Aufzug hineingefahren wurde. Am Kopfende schob ein junger Mann das Bett und blickte sie nicht an, hinter ihm ein blasser Robert. Lena erwachte in einem Zimmer, dämmeriges Licht kam vom Fenster herein. Im Bett daneben schlief Robert, seitlich hatte er sich unter die Decke gekauert, sein Gesicht wirkte geschwollen. Das an ihr Bett fixierte kleine Babybett war leer. Sie zog sich zur Klingel hoch, was ihr dumpf im Unterleib wehtat.

»Ich möchte mein Kind«, sagte sie zu der Frau, die von einem grell leuchtenden Flur aus ins Zimmer sah, aber den Raum nicht betrat, die Hand am Türgriff ließ.

Wenig später legte sie den Kleinen an Lenas Brust. »Er hat Hunger«, sagte die Frau.

Das Wesen suchte mit dem Mündchen herum, Lena schob es an die Warze, die seine warmen Lippen sofort umschlossen, instinktiv, es nuckelte, trank. Lena spürte, wie sich die Milch aus ihrer Brust löste. Sie hielt das Kind im Arm, seine Füße bewegten sich auf ihrer Handfläche, der kleine Körper sank ab. Nun war es verbunden mit ihr und entspannte sich. »Da bist du ja«, sagte sie leise.

Lena sah einen Staubfaden, der von der Decke hing. Sie musste eingeschlafen sein. Sie öffnete den Mund, ein gepresstes Hauchen entwich ihr. Sie spürte den Stein in ihrer Brust. Er drückte sie in die Polster der Couch, nahm ihr den Atem. Ein kalter, kantiger Stein. Sie konnte sich nicht rühren. Er schnitt in ihr Fleisch, würde ihr die Rippen brechen, den Magen aufschneiden. Dabei wollte sie ihn herausschreien. Aber er ließ nicht mal einen Ton vorbei. Konrad. Sein Name war hinter dem Stein. Ihr Kind. Nicht mehr ihr Kind.

Der Stein war alt, Lena trug ihn schon lange mit sich herum, Konrad hatte ihn nur hervorgeholt. Sie hatte immer versucht, ihn zu kaschieren, und war doch nicht gegen dieses Gefühl der Schwere angekommen. Irgendeine Instanz in ihr hatte gehofft, Konrad könnte es verändern. Doch es war anders gekommen.

Es war dunkel draußen, als Lena sich aufsetzte. Lange verharrte sie so auf der Couch, dann stand sie auf, ging zum Lichtschalter und ins Schlafzimmer, bückte sich zu dem Kleiderberg auf dem Boden und wühlte nach dem Hemd, das sie getragen hatte, als sie hierhergekommen war. Grüne Seide, die zwischen ihren Fingern raschelte, Knöpfe aus hellem Horn. Sie roch daran, am Kragen, an der Schulter, ihr Schweiß, ihre Milch, nichts von Konrad. Sahniges Karamell, hatte sie immer gedacht. Er hat wie sahniges Karamell gerochen, aus dem Mund und auch im Nacken, ein von der Sonne erwärmtes, zähflüssiges Karamell.

»Wo hast du dein Kindchen?«, fragte die Hebamme, als sie Lena an der Tür erblickte. Jeden Tag kam sie in der ersten Zeit nach Konrads Geburt schnaufend die Treppe herauf, mit einem großen Rucksack bepackt. Für einen kurzen Moment wusste Lena die Antwort nicht.

»Im Wohnzimmer auf dem Fell«, sagte sie schließlich.

»Aha«, sagte Friederike. Sie atmete geräuschvoll aus, dann drückte sie sich an Lena vorbei in die Wohnung.

Zu ihren Besuchen gehörte, dass Friederike sich Lenas genähten Dammschnitt ansah. Lena zog dafür Hose und Unterhose aus, schob sich ein Kissen unter den Hintern und blickte nach oben. Sie hatte keine Ahnung, was Friederike dort sah, nur ihre Finger kannten die wulstigen Narben, die sich taub anfühlten.

Und Friederike überprüfte Konrads Gewicht. Dazu legte sie ihn nackt in ein großes Baumwolltuch. Der schrumpelige Rest der Nabelschnur war zu sehen und ekelte Lena, ohne dass sie es zugeben mochte. Einmal hatte sie an der Klemme gezogen, in der Hoffnung, ihn dadurch zu lösen, doch Konrads Bauchnabel hatte sich nur leicht aufgewölbt, und Lena hatte sofort losgelassen. Er sei gut abgestorben und falle bald ab, hatte Friederike dieses Mal gesagt und eine Tinktur aufgetragen. Nun hob sie das Tuch mit Konrad darin an einem Messgerät hoch, der Zeiger schlug aus und pendelte sich ein. Friederike schüttelte den Kopf.

»Er hat schon wieder Gewicht verloren«, sagte sie.

Lena stand beschämt daneben und betrachtete ihr mageres Kind, das mit großen Augen im Tuch hin und her schwang.

Ihre Tasche stand da. Sie stopfte das Hemd, und was sie auf dem Boden fand, hinein. In der Außentasche war ihr Geldbeutel. Ein Anhänger mit vielen Schlüsseln, zwei für Fahrradschlösser, drei große mit eingestanzten Nummern, mehrere kleine. Sie wusste nicht mehr, ob die Haustür einen anderen hatte als die Wohnungstür. Sie steckte ihn zurück in die Tasche. Die Schuhe standen an der Tür. Sie schlüpfte hinein. Zog die Jacke an. Stellte sich mit der Tasche in den Hof. Ruhig war es, klar, die Sterne waren zu sehen. Sie blickte lange nach oben, so lange, bis sie die Sterne in sich fühlen konnte und ihr schwindelig wurde. Lena setzte sich auf die Tasche.

Wenn Konrad weinte, verschluckte das Babyphone immer den Anfang. Wie er zunächst Luft holte, dabei fiepte und dann zum Weinen ansetzte, diese Zeit brauchte das Gerät, um es als dauerhaftes Geräusch einzuordnen und zu übertragen. Lena stand unter der Dusche und hörte plötzlich, wie er bereits laut schrie. Sie spülte fluchend den Körper ab und rannte nackt und nass zu ihm. Streichelte sein Gesicht, trug ihn, stillte ihn. Versuchte, zwischendurch eine Unterhose und ein Oberteil anzuziehen, ohne ihn aus dem Arm zu nehmen. Er schrie lange und ohne sich zu beruhigen. Aus Lenas Haaren tropfte Wasser auf ihren Rücken und den Boden.

Robert kam nach Hause und stellte den Koffer in den Flur. Lena saß gerade auf einem Gymnastikball im Wohnzimmer und wiegte den Kleinen. Durch sein Geschrei hindurch hörte sie, wie Robert in der Küche den Wasserhahn auf- und zudrehte. Sie drückte Konrads Kopf an das Tuch auf ihrer Schulter, hielt ihn an Rücken und Beinen und ging zu Robert. Er sah aus dem Fenster, ein Glas in der Hand, und wendete ihr das Gesicht zu.

»Er weint«, sagte Lena.

»Ich bin eben erst nach Hause gekommen«, sagte Robert.

»Er weint seit zwei Stunden.« Sie nahm Konrad auf die andere Schulter, er wand sich und schrie.

»Babys weinen.«

»Ich kann ihn nicht beruhigen.« Lena wippte mit dem Körper auf und ab, Konrads Weinen hörte sich nun gestottert an.

»Lena, ich möchte jetzt ankommen, meine Sachen auspacken. Ich muss noch ein Memo schreiben und verschicken.«

Lena ging auf Robert zu, er zog die Augenbrauen hoch. Sie blieb stehen.

»Was soll ich nur tun?«, fragte sie.

»Vielleicht gehst du mit ihm spazieren.«

»Das war ich schon. Ich bin nur zwei Straßen weit gekommen, er hat so schlimm geweint, und die Leute haben mich angesehen.«

»Er wird bald vor Erschöpfung schlafen.«

»Kannst du ihn nachher mal nehmen?«

»Er wird schlafen. Leg dich dann dazu, du bist ja ganz durcheinander.«

»Und wenn nicht?« Konrads Haare waren feucht, als Lena sie streichelte. »Würdest du mir dann helfen?«

»Ich treffe nachher noch Markus. Wir müssen uns wegen des Strategiepapiers absprechen.«

Lena schickte Robert später eine Nachricht, »er weint immer noch«, die Robert unbeantwortet ließ. Irgendwann schlief das Kind tatsächlich, wachte allerdings bald wieder auf. Als Robert nach Hause kam, stillte Lena Konrad schon eine lange Zeit, er nuckelte mit geschlossenen Augen an ihrer Brust, und Lena tat das Becken vom seitlichen Liegen weh, doch sie war froh, dass er ruhig war. Sie sah den Lichtschein unter der Tür, hörte Roberts Schritte im Flur, die Toilettenspülung, wie er etwas aus der Küche holte und dann an ihrem Zimmer vorbei in seines ging. Das Licht erlosch wieder. Vor der Kneipe gegenüber saßen Menschen, sie lachten und redeten, Gläser klirrten. Es musste also noch vor elf Uhr sein. Konrad schreckte plötzlich hoch, ließ von der Brust ab und weinte. Lena drückte die Brustwarze wieder in seinen Mund, er umschloss sie nicht, er weinte und ballte seine Hände zu Fäusten. Sie zog ihn näher an sich heran, berührte mit ihren Oberschenkeln seine Füße, summte leise, doch Konrad drückte seinen Körper durch und schrie. Lena legte ihn auf ihren Bauch, wiegte ihn sanft, er beruhigte sich nicht. Sie stand auf und trug Konrad im Zimmer umher, in den Flur, aus Roberts Zimmer kam Musik, in die Küche, wieder in den Flur. Vor Roberts Zimmer blieb sie eine Weile stehen, die Musik ging aus, kurz darauf das Licht. Dann legte sie Konrad wieder in ihr Bett, schob ihre Decke am Rand zu einem Wall zusammen, damit er nicht herausfallen konnte. Drehte sich von seinem heißen, angespannten Körper weg und schlug sich mit der Hand so fest ins Gesicht, dass es klatschte. Noch mal auf die andere Wange. Dann ging sie zu Robert, öffnete seine Tür. Robert lag mit dem Rücken zu ihr da. Seine nackten Schultern schauten aus der Decke heraus, eine dunkle Falte zwischen den Schulterblättern.

»Robert?«

Robert regte sich nicht. Konrad weinte in Lenas Zimmer.

»Robert?«, sagte Lena lauter.

Abrupt setzte Robert sich im Bett auf und sah sie an. »Lena, ich schlafe zum ersten Mal seit Tagen wieder in meinem Bett. Soll ich gleich wieder los ins Hotel?«

»Bleib.« Lena sah von Robert zur Tür. Sie ging einen Schritt in sein Zimmer.

»Lässt du mich jetzt oder nicht?« Konrad weinte und weinte.

»Robert, bitte. Ich muss gleich wieder zu ihm.«

Als Lena sich auf Roberts Bettkante setzte, stand er auf und stellte sich an die Kommode. Wie schön er immer noch war in seiner schwarzen Unterhose, die breite Brust und die langen Beine. Konrad verschluckte sich, es gab einen Aussetzer, in dem er nach Luft schnappte. Lena rannte zu ihm.

Ihre Füße waren taub, als sie versuchte, sich wieder von ihrer Tasche zu erheben. Vom Boden war die Kälte in ihren Körper hineingezogen, hatte ihn steif gemacht, während über ihr der Himmel sich von schwarz zu dunkelblau gewandelt hatte. Die Sterne waren verblasst, nur einer hatte noch geleuchtet, als sich erst ein rosa, dann ein oranger Streifen über dem Hinterhof gezeigt hatte. Vom Dach des Hauses verdampfte Feuchtigkeit, kleine Schwaden verloren sich kurz oberhalb der Ziegel. Mehrere Autos waren bereits die Straße entlanggefahren, die Vögel zwitscherten unermüdlich. Wahrscheinlich war es nicht mal unter zehn Grad. Jetzt wollte Lena zurück ins Haus. Die Füße waren ohne Verbindung zu ihr. Doch ihr Wille reichte, die Beine zu heben. Die ersten Schritte machte sie unsicher in eine dumpfe Kälte hinein. Die Finger waren so klamm, dass sie den Türknauf kaum fassen, ihn schon gar nicht drehen konnte. Sie presste die eisigen Hände unter Jacke und Hemd in die Achselhöhlen, der Körper doch noch warm. Wie kleine Nadeln pikste es in ihren Händen. Sie sah zurück zur Tasche, die von ihrem Gewicht eingebeult in der Mitte des Hofs stand. Auch die Finger würden wieder gehorchen. Sie würde die Tür öffnen können. Sie würde ein Feuer im Kamin hinbekommen. Oder direkt in die heiße Badewanne gehen.

Anfangs hatte Lena versucht, nach einer gewissen Zeit die Brustwarze vorsichtig aus Konrads Mund zu holen. Doch er reagierte darauf unmittelbar, spannte sich an und suchte die Brust, klagend, mit offenem Mund. Lena verfluchte sich dann, wortlos. Und wartete auf ihn, ließ ihn seinen Weg in den Schlaf finden, setzte sich dem aus, anders ging es nicht. Doch sie fühlte sich ausgeliefert. Irgendwann hatte Konrad genug und wurde schwer und kraftlos in ihrem Arm. Seine fein geäderten Lider senkten sich. Die Brustwarze flutschte aus seinem Mund. Lena rührte sich dann meist nicht, auch wenn die Position unbequem war, obwohl sie sich so gerne bewegt hätte, so gerne aufgestanden wäre oder sich selbst eingerollt hätte. Ihr Arm tat weh, die Finger kribbelten vor Taubheit. Nichts sollte ihn wecken, keine Regung, nicht mal ein Gedanke, der Gedanke aufzustehen oder der zu gehen. Und wie schon so oft fragte sie sich, für wen sie sich seinen Schlaf so sehr wünschte. Wohl mehr für sich als für ihn. Sie hielt seinen Kopf und betrachtete sein Gesicht. Seine großen geschlossenen Lider, unter denen die Augäpfel sich bewegten, etwas sahen, was noch keine Erinnerung werden würde. Die hellen, zarten Wimpern. Die breite Nase. Der leicht geöffnete Mund, die schöne Linie der Oberlippe mit den zwei Hügeln. In den ersten Wochen hatte sich eine Blase in der Kuhle gebildet, die erst rot, dann hart und schorfig geworden war.

Ein Tropfen löste sich aus der Brust und fiel auf seinen Strampelanzug. Hinterließ einen Fleck, an dessen Kruste Lena später mit dem Fingernagel schaben würde. Dann war es still. Eigentlich. Aber in Lena rotierte etwas. Es fühlte sich an, als läge sie auf den Bohlen eines Schiffes, dessen Maschinen kalt unter ihr arbeiteten.

In der Nacht legte Lena Konrad in den Stubenwagen, schob ihn in Roberts Zimmer und kroch zu ihm unter die Decke. Robert lag auf der Seite, und sie rückte eng an ihn heran. Wie breit sein nackter Rücken war. Wie groß der Kopf, durch dessen Haare Lena strich. Wie stark er roch. Sie war so an Konrads kleinen Körper, den Karamellgeruch und die Weichheit gewöhnt, dass ihr Robert wuchtig vorkam. Lena berührte Roberts Glied, das hart wurde. Er drehte sich zu ihr, und sie küssten sich. Seine Hand fuhr unter ihr Shirt und berührte ihre Brust. Milch floss heraus und Robert nahm die Hand wieder weg. Sie war froh darüber, denn etwas in ihr unterband alle Gefühle, die die Berührung der Brust früher bei ihr geweckt hatte. Sie sollte, sie musste etwas ausschließlich das Kind Nährendes sein. Lena legte ihren Mund um Roberts Penis. Als er später versuchte, in sie einzudringen, tat es ihr weh, doch sie atmete laut und bewegte sich auf Robert zu. Verschlossen und trocken fühlte sie sich an. Zwar nicht mehr wie nach der Geburt, als sie nur sitzen konnte, wenn sie ihren Fuß vorsichtig unter den Hintern schob, als sie sich nach unten offen fühlte, auf der Toilette nicht spüren konnte, wann sie fertig war. Aber auch nicht mehr wie vorher. Sie sah zum Stubenwagen, auf dem Himmel über dem Korb wellten sich die Lichter der Straße.

Dann kam die Zeit, in der Lena nicht mehr schlafen konnte, weil Konrad andauernd aufwachte. Lena tippte es in ihr Handy: 20.23 Uhr, 21.45 Uhr, 23.44 Uhr, 2.00 Uhr, 3.32 Uhr und so weiter. Sie war so angespannt, gleich wieder geweckt zu werden, dass sie sich hin und her wälzte oder dazu überging, ihn zu betrachten, wie er auf dem Rücken lag, sich nicht regte. Nur wenn Lena genau hinsah, bewegte sich sein Brustkorb leicht. Er lief nach unten zu einem Trichter zusammen, in den Lena ihren kleinen Finger legen konnte und über dessen Ursache sie nicht nachdenken wollte, die Kinderärztin hatte von Vitaminmangel oder Alkohol während der Schwangerschaft gesprochen. Je mehr Zeit verging, in der Konrad schlief, desto unsinniger erschien es ihr, selbst noch Schlaf zu suchen. Bei jedem neuen Stillen hoffte sie, mit ihm in den Schlaf zu sinken, für vielleicht zwei Stunden, was selten gelang. Am Morgen saß sie am Küchentisch in einem wattigen Zustand, der Kleine lag auf dem Fell am Boden und sah umher. Sie weinte und wusste nicht, wie sie den Tag meistern sollte.

»Was sagt denn die Hebamme?« Robert schob den Siebträger unter die Espressomaschine.

»Dass Konrad sich seine Nahrung nun hauptsächlich in der Nacht holt. Dass ich ihn tagsüber viel, aber nach einem Zeitplan stillen soll. Dass ich die Abstände verlängern soll.«

»Das hört sich doch gut an.« Das Wasser wurde laut durch den Espresso gepresst.

»Soll ich ihn nachts denn dann weinen lassen?«

»Er wird sich schon dran gewöhnen.« Robert trank den Espresso im Stehen.

»Machst du mir auch einen?«, fragte Lena.

»Ich muss los.« Robert legte die Hand kurz auf Lenas Schulter, sie drückte ihr feuchtes Gesicht dagegen. Robert verharrte kurz, dann zog er die Hand zurück.

»Hast du heute diese Gymnastik?«, fragte Robert.

»Ja.« Lena wusste, dass sie nicht hingehen würde. Konrad hatte so geweint beim letzten Mal, dass sie nach drei

Übungen wieder in den Raum ging, in dem die Babys betreut wurden. Sie schliefen in Hängematten oder lagen unter Spielebogen. Nur Konrad schrie, die Betreuerin trug ihn auf dem Arm. Er beruhigte sich nicht, auch nicht, als Lena ihn umhertrug. Sie nahm sich nicht die Zeit zum Umziehen, in der zu engen Gymnastikhose und einem alten Oberteil packte sie ihn in die Trage, in der er augenblicklich einschlief, stopfte ihre Kleidung in die Tasche und ging, einen Abschiedsgruß murmelnd, durch den Gymnastikraum an den anderen Frauen vorbei.

»Mach doch so mit, das, was geht«, sagte eine zu ihr und lächelte sie an.

»Beim nächsten Mal.«

Im Treppenhaus weinte sie, und wie schon so oft tropften ihre Tränen auf den Kopf des Kindes.

Am Nachmittag ging Lena über den Hinterhof zum Schuppen. Trotz des heißen Bads und des langen Schlafs steckte die Kälte noch in ihr, füllte sie von den Sohlen ab aus und machte ihre Bewegungen steif. Ihre Füße schmerzten beim Abrollen, sie hatten rote, pulsierende Stellen an den Zehen gehabt, als sie aus der Badewanne gekommen war. Doch sie verfügte wieder über ihren Körper, fand den richtigen Schlüssel, und nach einigem Rütteln gab das Schloss nach. Sie öffnete die Tür. Der Raum war groß und mit Gegenständen verstellt, durch die breite Fensterfront fiel helles Licht, die Luft roch abgestanden. Auch auf der gegenüberliegenden Seite gab es ein großes Fenster, das mit Läden geschlossen war. Davor mehrere hintereinanderstehende Tische, darunter mit Tüchern verdeckte unförmige Gegenstände. Sie sah ineinandergestapelte Blumenkübel, unter einer Plastikfolie war ein Rasenmäher zu erkennen. Links vom Eingang lehnten zwei Fahrräder. Die Reifen waren platt. Lena schob das erste in den Hinterhof, es war ein silbernes Damenrad mit einem breiten Sattel. Gleich im ersten Regal fand sie eine Luftpumpe. Nach dem ersten Reifen setzte sie sich auf die Stufe zum Haus und wartete, bis das Schwanken in ihr verschwand.

Es hatte Zeiten in ihrem Leben gegeben, da war sie jeden Tag Fahrrad gefahren, selbst im Winter. Lange Unterwäsche, dicke Cordhose, Pullover, Mantel, Fäustlinge, Mütze. So eingepackt war sie ins Studio geradelt, langsam, um nicht zu sehr zu schwitzen. Im Sommer waren Robert und sie auch oft zu den Clubs gefahren, am Ufer der Rummelsburger Bucht entlang. Einmal waren sie im trüben Spreewasser baden gegangen, in Unterwäsche, die später ihren Körper angenehm auf dem Fahrrad kühlte und sich feucht auf der Kleidung abzeichnete. Auf einer dieser Fahrten war Robert in einer Kurve vom Rad gerutscht. Lena war abgestiegen, hatte sich neben ihn auf den Asphalt gelegt, sie sahen sich an und lachten. Am nächsten Tag zeigte Robert ihr den Bluterguss, der sich von seiner Hüfte bis an den Oberschenkel zog.

»Könnte Finnland sein«, hatte Robert gesagt.

»Oder eine Frau im Kleid, die beim Tanzen einen Arm in die Höhe reckt«, hatte Lena erwidert.

»Du, ich erkenne dich«, sagte Robert.

»Dich auf der Tanzfläche erwartend«, sagte Lena, worauf Robert mit dem Finger den Kopf der imaginierten Frau auf seinem Körper streichelte.

Lena schob das Fahrrad zum Tor, öffnete es, schloss es. Sie überquerte die Fahrbahn, nur selten fuhren Autos hier entlang. Sie stellte das Rad in Fahrtrichtung, gab Schwung und stieg auf. Der Sattel war etwas hoch, doch sie konnte die Pedale durchdrücken. Sie fuhr die kurze Anhöhe empor, hielt dort an. Sie war außer Atem, sie fühlte ihr Herz pochen. Sie wusste nicht, wie lange sie das Haus und seinen Hof nicht verlassen hatte. Es kam ihr vor, als hätte es nur den Raum gegeben. Ihr magerer, schwacher Körper erinnerte sie daran, dass auch Zeit vergangen war. Das Haus lag nun einige Meter von ihr entfernt. Acht, neun Meter vielleicht.

Wie sie da stand, wünschte sie sich plötzlich, Konrad noch einmal zu sehen, aus dieser Entfernung, mit genügend Zeit, um so viel wie möglich von ihm in sich aufzunehmen und zu erinnern. Sie würde nicht erleben, wie er groß wer-

den würde. Keinen ersten Zahn entdecken, keinen wackeln-
den Zahn befühlen, keine Schultüte basteln, keinen Kum-
mer trösten. Wahrscheinlich würde sie ihn nicht mal mehr
erkennen, wenn er ein junger Mann wäre. Groß wahrscheinlich und schlank. Die Straße schlängelte sich vor ihr
hinab, auf einer Wiese graste eine Herde Schafe, in der Fer-
ne sah sie die ersten Häuser des Dorfes. Der Wind blies ihr
kühl ins Gesicht, als sie sich weite Strecken einfach nur die
Straße entlang hinunterrollen ließ.

Weiße Pavillons standen in halbrunder Anordnung zum Seeufer hin, der Wind wölbte die Dächer auf. Roberts Kollege hatte sie überschwänglich begrüßt, auf das Buffet gezeigt und »süß« gerufen, als er die Seite der Trage etwas beiseiteschob, in der Konrad schlief. Dabei berührte er Lenas Achsel. Eine Frau stand knietief im See, das Wasser hatte ihr rotes Kleid dunkler gefärbt. Eine schöne Idee, mit Stoffen zu arbeiten, die aussähen, als wären sie nass. Salzverkrustet vom Meer oder gesprenkelt von einem schräg einfallenden Regenschauer. Früher hätte sie die Idee sofort skizziert, dafür hatte sie immer ihren Block und Stifte dabeigehabt. Sie hätte die Zeichnungen in den Kreativmeetings eingebracht. Die sicher weiterhin stattfanden, jeden ersten Dienstag im Monat. Lena wusste nicht, welcher Tag heute war. Wahrscheinlich Wochenende, wegen des Fests. Ein Mann legte sich seine zusammengeschnallten Sandalen über die Schulter und watete mit zwei Weingläsern zu der Frau ins Wasser, sie prosteten sich zu und schauten auf den See. Lena hob das Tuch an, das sie über Konrads Kopf gelegt hatte, und blies ihm in die feuchten Haare.

»Willst du ihn nicht mal wecken?«, fragte Robert. »Er schwitzt doch da drin.«

»Kannst du mir was zu essen bringen?«

»Guck lieber selber, was du willst.«

Später trug Robert Konrad auf dem Arm und zeigte ihn seinen Kollegen. Der Kleine schaute unbestimmt umher und öffnete den zahnlosen Mund, wenn die Menschen sich zu ihm beugten. Ein Mann mit streng gescheitelter Frisur und kantiger Brille verlor alle Coolness und gackerte, um seine Freude im Gesicht des Kleinen gespiegelt zu bekommen. Lena saß auf einem Stein am Ufer und beobachtete, wie Robert auf seinem Teller eine Avocado zerdrückte und sie Konrad mit einem Löffel an den Mund schob, behutsam ging Robert vor, in den Moment versunken. Konrad öffnete neugierig den Mund, drückte dann die kleine Menge sofort wieder mit der Zunge heraus. Sie verschmierte auf Roberts schwarzem Hemd zu einem grünlichen Halbmond, der Robert offensichtlich nicht störte, er lächelte darüber. Lenas Kleid bekam Schweißflecken an Bauch und Brust. Sie hob es vom Körper ab und spürte eine leichte Kühlung durch den Wind.

Vor dem kleinen Supermarkt verharrte sie neben dem Fahrrad, durch die Scheibe konnte sie den Verkäufer beobachten, der an der Kasse saß und mit seinen Händen etwas in seinem Schoß bearbeitete, was Lena nicht erkennen konnte. Dann blickte er auf, als eine Frau aus den Tiefen des Raumes zur Kasse kam, er zog die Waren über das Band, die beiden unterhielten sich kurz, der Verkäufer schien aufzulachen, er warf den Kopf in den Nacken, was Lena zurückzucken ließ. Als die Frau herauskam und Lena die Tür aufhielt, betrat sie den Laden. Sie ärgerte sich, keinen Zettel gemacht zu haben. Zugleich brauchte sie alles. Unschlüssig ging Lena die Gänge entlang, legte Äpfel, Avocados, Paprika, Möhren, Senf, Marmelade, Haferflocken, Kekse, Kaffee, Mandeln, Joghurt, Eiscreme, Toilettenpapier in den Einkaufswagen.

»Guten Morgen«, sagte der Mann an der Kasse.

»Guten Morgen«, sagte Lena. Ihre Stimme klang, als holperten die Silben über spitze Felsen. Der Verkäufer schien nichts zu merken.

»Tüten?«, fragte er.

»Wie bitte?«

»Brauchen Sie Tüten?«

»Ja.«

»Zwei?«

»Ja.«

Lena räusperte sich. Der Mann zog zwei Plastiktüten über den Scanner.

Als Lena am Fahrrad stand, spürte sie, wie ein Schweißtropfen sich aus ihrer Achsel löste und an ihrer Flanke entlanglief. Sie hatte nicht darüber nachgedacht, wie sie die

Einkäufe transportieren sollte. Sie hängte die Tüten links und rechts an den Lenker. Die eine war schwerer als die andere und zog das Fahrrad nach links. Lena packte die Artikel noch mal aus, stellte sie auf den Boden und versuchte, sie gleichmäßig zu verteilen.

Lena schob das Fahrrad mit den immer wieder an das Vorderrad schlagenden Tüten den Weg zurück. Eine blieb an der Halterung der Bremse hängen und riss ein, ein Glas fiel heraus und zerbrach auf der Straße, der Senf verteilte sich zwischen den Scherben. Ein Auto fuhr vorbei, und Lena wendete das Gesicht zu den Feldern. Sie konnte jetzt auch einfach stehen bleiben. Das tat sie eine Weile und betrachtete die Torfquader, die in Wind und Sonne trockneten.

Aus den Augenwinkeln bemerkte sie eine Bewegung. Es war der Mann vom Haus. Aus einem schmalen Gesicht leuchteten helle Augen, die sie neugierig fixierten. Ungewöhnlich hell, fast schon gelb, vertraut irgendwie. Er war nur noch einige Meter von ihr entfernt, sonst wäre sie wahrscheinlich aufs Rad gestiegen und losgefahren.

»Kann ich dir helfen?«, fragte er, als er vor ihr stehen blieb, und wies auf die eingerissene Tüte.

»Ja«, sagte Lena.

Der Mann umfasste die Tüte mit den Armen, sodass nicht noch mehr herausfallen konnte, und drückte sie locker an sich.

»Du könntest die andere Tasche auf dem Gepäckträger festmachen«, sagte er.

Lena tat es. Sie schob das Rad mit der einen Hand, mit der anderen hielt sie die Tüte fest. Der Mann lief neben ihr her. Er machte große Schritte. Lena achtete auf die unterschiedliche Frequenz, bis ein Rhythmus entstand, in dem

sie sich bei allen zwei Schritten des Mannes und allen drei-
en von ihr gleichzeitig mit einem Fuß auf dem Boden trafen.
Ein Auto fuhr hupend heran, und der Mann ging eine Weile hinter Lena. Sie blieb stehen und blickte wieder auf die
Moore, der Mann überholte sie. Sie sah sein Lächeln, weich
war es. Er hatte keinen Rucksack dabei, und Lena bemerkte
die Krümmung seines Rückens, als sei die Brust ein wenig
eingefallen. So sehnig und muskulös er war, ging er be-
stimmt einer körperlichen Arbeit nach. Vor dem Haus blieb
er stehen und hielt Lena das Tor auf. Lena stellte die Tüte
neben das Rad und ließ sich die andere von dem Mann, der
an der Straße stehen geblieben war, in ihre Arme überge-
ben. Sie kam ihm dabei sehr nahe und hatte den Geruch von
Wald in der Nase. Seine Haut war fein, und er war jünger,
als sie gedacht hatte, vielleicht nur wenige Jahre älter als sie
selbst, dabei wusste sie nicht mehr, wie alt sie eigentlich
aussah oder überhaupt war.

»Ich danke dir«, sagte Lena und sah in seine großen, gel-
ben Augen, das eine von einer hellen Haarsträhne verdeckt.

»Bitte.« Er lächelte, dann setzte er seinen Weg fort.

»Auf Wiedersehen«, rief Lena, als er schon fast bei den
letzten Häusern vorm See angekommen war.

Lena ging oftmals in der Rummelsburger Bucht spazieren. Obwohl so zentral, wurde die Stadt weitläufiger dort. Wenn Konrad mal wieder weinte, fühlte Lena sich nicht so sehr den Menschen und ihren Blicken ausgesetzt. Dort konnte sie den Kinderwagen ans Ufer schieben, und das Schreien verflüchtigte sich, anders als in den engen Straßen rund um ihre Wohnung. Einmal stand im Hafen ein Boot, Männer hämmerten auf den Rumpf, und sie genoss es, mit Konrad in dem alles überdröhnenden Lärm zu versinken. Am Uferweg kam sie an der Kletterhalle vorbei. Einem Impuls folgend, betrat sie die lichtdurchflutete Halle, in der verschiedene Kletterlandschaften mit Griffen und Stufen gebaut waren und den Ort unübersichtlich und trotzdem nach oben hin offen erscheinen ließen. Es roch nach Synthetik, die Stimmen der Kletternden hallten in den hohen Räumen wider. Gleich links vom Eingang war eine Theke mit einer Sitzlandschaft. Lena legte Konrad auf einer der großen Matten ab, er strampelte vergnügt mit den Beinen, eine Blase bildete sich an seinem Mund und platzte. Sie holte sich einen Saft, die Frau an der Theke lächelte sie freundlich an, Lena setzte sich neben ihr Kind und beobachtete die Menschen an den Kletterwänden. Eine drahtige Frau hing schräg oben, hielt sich mit den Füßen und einer Hand, während sie mit der freien Hand das Seil über ihrem Kopf einhakte. Ein junger Mann sicherte sie von unten, eine zweite Frau stand neben ihr, der Mann erklärte ihr etwas, während er das Seil mit den Händen nachgab. Die Frau oben schlug mit der Hand an die Decke und ließ sich fallen, was den Mann ein Stück hochzog. Dann seilte er die Frau von oben ab. Nun war die andere Frau dran, der

Mann prüfte die Sicherung. Beherzt stieg die Frau auf, hielt sich erst links, bis sie weiter in der anderen Richtung vorankam. Lena sah, wie die Armmuskeln der Frau arbeiteten, ihr Zopf wippte hin und her. Immer stärker, ihr Kopf bewegte sich in verschiedene Richtungen, sie schien einen Weg zu suchen. Der Mann rief ihr etwas zu. Die Frau schüttelte den Kopf, der Zopf zuckte aufgeregt. Dann griff sie über sich, zog sich weiter hoch, der Mann gab das Seil nach. Rasch und wendig war sie, wie eine Eidechse bewegte sich ihr Körper. »Sichern«, sagte der Mann. Die Frau drehte den Kopf in seine Richtung, ihre Finger rutschten ab, sie schrie auf, ein unbestimmter Laut, Lena hatte einen Milcheinschuss. Die Frau fiel einige Meter tief, bis das Seil sich spannte, der Mann wurde hochgezogen und stemmte sich mit den Beinen von der Wand ab. Die Frau war mit dem Oberkörper nach hinten gekippt, sie zog sich wieder in eine aufrechte, in der Sicherung sitzende Position. So schwang sie hin und her und schlug die Hände vors Gesicht. Lena hörte sie schluchzen. Der Mann hatte wieder Stand am Boden gefunden, er sprach beruhigend auf sie ein und ließ sie langsam nach unten gleiten. Dort setzte sie sich auf die Matte, Lena sah den Schrecken in ihrem Gesicht, den freien Fall. Die Frau vergrub den Kopf zwischen Armen und Beinen. Der Mann kniete sich neben sie und legte einen Arm um ihre Schultern. Die andere Frau reichte ihr eine Trinkflasche, aus der die Frau gierig trank.

Lena blickte zu den Einkaufstüten an der Tür, die Sachen drückten sich durch das Loch, ganz vorne die Eiscreme, deren Deckel eingerissen war. Sie tropfte auf den Holzboden, eine samtige Lache breitete sich dort langsam aus. Lena stand auf, tunkte ihren Finger in das Vanillegemisch und steckte ihn in den Mund. Durch das Loch zog sie die Verpackung ganz heraus, leckte alles ab. Als sie das Kühlfach öffnete, erkannte sie nicht, was dort in Plastikfolie gepackt lag, bis sie sich erinnerte, wie sie ihr Telefon, als sie hier angekommen war, in das Fach geschoben hatte. Sogar die Karte hatte sie herausgenommen und separat verpackt. Kalt lag das Gerät in ihrer Hand. Sie musste an ihre Milch in Roberts Kühlschrank denken. Ob er sie überhaupt gefunden hatte. Hatte er sie in warmes Wasser gestellt, war er dazu gekommen, fragte sie sich. Konrad hatte doch sicher schon geschrien.

Raupe nannte Robert sie, als in den letzten Wochen ihr Bauch ausladend und die Brüste wuchtig wurden und manchmal in dicken Pullovern so aussahen, als lägen sie auf dem Bauch auf. Mit Raupen hatte sie sich kurze Zeit vorher selbst beschäftigt, der faszinierenden Transformation, die das Label in Mode übersetzen wollte. Lena sollte dies in Bildern, im Katalog und auf der Webseite aufgreifen. Sie hatte durch Bildbände geblättert und war in einer Naturschutzstation spazieren gewesen. Dort hatte ein Mann ihr einen Wickler gezeigt, den sie ohne den Hinweis nicht bemerkt hätte, ein grauer Falter mit einem einzigen dunkelroten Fleck. Regungslos saß er auf einem Blatt, und Lena betrachtete ihn lange, seine Anmut, die samtige Oberfläche seiner ansonsten unscheinbaren Flügel. Raupe nannte Robert sie auch noch, als Konrad da war. Seine Geburt hatte sie nicht verwandelt, keine Fettpolster beim Stillen schmelzen lassen, wie ihr Friederike versichert hatte, obwohl Lena sich mit dem Essen mäßigte, den eigenen Hunger zeitverzögert und nie ganz befriedigte. Ihr Körper blieb schwer, hatte seine leichtfüßige Eleganz verloren.

»Heute Abend darfst du dich satt essen«, sagte Robert. Und ergänzte: »Ich lade dich zum Essen ein.«

»Und Konrad?«, fragte Lena.

»Stephanie kommt extra heute Abend.«

Robert hatte sie organisiert, täglich kam sie für drei Stunden vorbei. Immer hatte sie Ratschläge, die Lena nicht umsetzte, etwa Konrad nicht an der Brust einschlafen zu lassen. Zum einen, weil sie sich nicht kräftig genug fühlte, das Schreien zu ertragen, zum anderen, weil es ihr grausam erschien, wobei sie die Beweggründe nicht klar auseinanderhalten konnte und schon gar nicht in der Lage war, sie Stephanie zu erklären. Meist stillte sie Konrad, direkt bevor Stephanie kam, um das Thema zu vermeiden, und hoffte, er würde nicht so bald wieder hungrig werden. Einmal wollten Stephanie und sie Konrad zusammen baden, die kleine Badewanne war auf Handtüchern im Wohnzimmer vorbereitet. Lena versuchte Konrad auf ihrem Arm liegend in das Wasser gleiten zu lassen, unsicher und ungeschickt. Nie wusste sie, wie sie ihn richtig halten sollte. Sie hatte Angst, ihn loszulassen. Zugleich war genau das ihr Wunsch. Erschrocken über sich selbst blickte sie zu Stephanie und nahm ihren abschätzigen Blick wahr.

Als Robert und sie die Wohnung verließen, weinte Konrad in Stephanies Armen, sein Gesicht war rot, der kleine Mund aufgerissen, die Ärmchen rotierten wild.

»Er wird sich beruhigen«, sagte Robert, doch Lena verharrte auf der Treppe, drehte sich um. Robert griff nach ihrer Hand. »So wird er es nie lernen«, sagte er.

»Er ist noch viel zu klein zum Lernen«, sagte Lena.

»Lena, du bist am Ende. Jetzt genieß die Zeit für dich.«

Ruckartig und immer entfernter weinte ihr Kind, Lena nahm an, dass Stephanie es durch den Flur trug und dabei wahrscheinlich hin und her schaukelte.

Wie unwirklich ihr alles erschien, an einem Tisch Platz zu nehmen, eine Menükarte in der Hand zu halten. Der Schluck Rotwein verstärkte das Gefühl, verschreckt aus einem aufgedunsenen Körper herauszusehen, während Robert ihr gegenüber am Tisch schlank und souverän wirkte, verankert in der Welt. Seine Serviette rutschte auf den

Boden, er registrierte es, hob sie auf, schob sie unter den Teller. Eine beiläufige, selbstverständliche Geste, die er einfach machte. Wie es ihr ging, bemerkte er nicht, dass sie hier nicht mehr hingehörte. Er berichtete von der Arbeit, zwei Kolleginnen waren krank, und er müsse nun morgen nach Brüssel, anlässlich der bevorstehenden Novellierung des EEG, als wüsste Lena noch, was sich hinter dieser Abkürzung verbarg.

»Ich bringe dir Schokolade mit, mein kleiner Nimmersatt«, sagte er.

»Wann kommst du zurück?«, fragte sie.

»In drei Tagen.«

In drei Tagen also, dachte Lena.

Staub wirbelte auf und flog am Küchenschrank hoch, als Lena die Tür öffnete. Sie blieb stehen und beobachtete, wie das Knäuel aus Fasern und Flusen, verbunden über ein langes Haar von ihr, über den Boden tanzte und sich dann wieder an der Leiste beruhigte. Sie betrachtete den Raum. Es kam ihr vor, als sähe sie ihn zum ersten Mal. Staub sammelte sich in den Ecken, auf dem Holzboden waren Schlieren von Verschüttetem, die Spüle fleckig, eine kalkige Spur führte vom Hahn in das Becken hinein. Sie wusste nun, was sie tun würde. Im Staubsauger war ein frischer Beutel, und Lena begann, vom Bad aus das Haus zu saugen. Sie arbeitete sich in den Flur vor. Für die Leisten setzte sie den schmalen Aufsatz auf, für die Kommode nahm sie den breiten. Sie öffnete die Schubladen, räumte Fernglas, Taschenlampe, Glühbirnen und Nähzeug heraus, um auch das Innere zu reinigen. Sie polierte die Linsen des Fernglases mit dem Tuch, das sie in seiner Hülle fand, anschließend sortierte sie alles der Größe nach wieder ein. Im Schrank mit dem Kessel lag die Decke noch auf dem Boden, zur Wand hin gedrückt bildete sie einen Sitz nach. Sie zog sie heraus, schüttelte sie aus, helle kleine Teile fielen auf die Fliesen. Lena kniete sich hin und nahm eines in die Hand, es hatte eine fasrige Struktur. Ein Holzspan. Wenn sie ihn quer zwischen die Finger nahm, pikste er sie. Der nächste war feiner und brach, sie rieb die Kuppen aneinander, bis er zerbröselte. Ihre Finger rochen leicht harzig. Sie saugte die Späne auf, dann räumte sie die Handtücher aus und wischte die Bretter ab. Lena staubsaugte auch das Wohnzimmer, mit dem Rohr fuhr sie unter die Couch, unter der ebenfalls Holzspäne lagen. Lena beobachtete, wie sie immer rascher an- und dann eingesogen wurden. Es knisterte im Inneren. Ab da suchte sie nach weiteren Spuren, fand sie tatsächlich, etwa in den Ritzen der Couch.

Später entstaubte sie die Bücher aus dem Regal im Wohnzimmer. Roberts Bruder Philipp, an den sie sich kaum erinnern konnte, eine blasse, große Gestalt mit etwas hoher Stimme und kräftigen Lippen, hatte auf eine anspruchsvolle Auswahl geachtet. Peter Handke war da, Thomas Pynchon, Ennio Flaiano, Michail Bulgakow. Auch einige schon verblichene Ausgaben von Heinrich Böll, Günter Grass und Siegfried Lenz waren zu finden, wahrscheinlich von Roberts und Philipps Eltern. Größere Werke in der unteren Reihe, in der sich die beiden Generationen des Hauses begegneten, ein Bildband über Moskau stand etwa neben einem Kunstband von Wolfgang Tillmans. Als Lena »Die Welt, in der wir leben«, dessen Einband am Rücken eingerissen war, mit dem Tuch abwischte, folgte sie einem Impuls und schlug es auf. Das wäre das Buch, das Konrad später auch lesen würde, sie wusste es plötzlich, und ihre Wangen wurden heiß. »Geburt der Erde« hieß ein Kapitel, ein Holzspan klemmte in der Falte zwischen den beiden Seiten. Lena begann vom Lebenslauf der Erde zu lesen, die sich aus einem kosmischen Staub als glühender Planet löste. Eine Zeichnung zeigte seinen Verlauf von rot hin zu grün und blau, eine Atmosphäre bildete sich, in einer Spirale verschwand er wieder als brennender Ball in den Tiefen des mit leuchtenden Sternen dargestellten Universums. Die Seiten waren benutzt, Finger hatten sich fettig auf dem beschichteten Papier abgedrückt. Lena strich darüber und folgte dem früheren Leser. An Seiten, die sich leicht aufschlagen ließen, aber auch an den Flecken erkannte sie ihn. Insbesondere die letzten Kapitel schienen wieder sein Interesse geweckt zu haben, Krümel und Späne sammelten sich im Knick. Es ging darum, wie das Weltall sich ausdehnte und die Gestirne sich bewegten. Im Text dazu stand, dass auch der Betrachtende letztlich haltlos sei. Ohne Fixpunkt. Die Relativitätstheorie war skizziert, und die These wurde formuliert, dass der auseinanderdriftende Weltraum auch nach innen gekrümmt sein könne und damit in sich selbst zurücklaufe. Alles, was sich entferne, begegne sich auch wieder.

Die Brustwarze wurde in den durchsichtigen Trichter der Pumpe gezogen, schnellte zurück, wurde wieder eine lange Wurst. Es begann in Lenas Brust zu ziehen, die Dehnungsstreifen darauf sahen aus wie unbeholfene Tätowierungen. Fehlversuche oder einfach Fingerübungen vor der eigentlichen Zeichnung. Heute waren sie besonders deutlich zu sehen. Wahrscheinlich weil Lenas Brust bereits so leer gepumpt war. Mit einem Kribbeln schoss die Milch heraus und floss in das Behältnis. Der Rhythmus der Pumpe verlangsamte sich. Lena sah, wie die Flüssigkeit, die Konrad nähren würde, gleichmäßig an der Plastikwand entlangfloss. Auf dem Fell zu ihren Füßen lag der Kleine, Lena hatte den Holzbogen aufgestellt, an dem gehäkelte Tiere baumelten, eine Giraffe, ein Löwe, ein Nashorn. Konrad strampelte mit den Beinen, die Augen weit geöffnet. Plötzlich wendete er den Kopf und sah Lena an, fixierte sie. Es war ein wissender Blick aus großen Pupillen, unverstellt und ernst. Lena hielt den Atem an, in ihrem Brustraum zog sich etwas bestürzt zusammen. Konrad wusste es. Er wusste, was sie tun würde. Und er sah sie dabei an.

Lena wandte ihren Blick ab, zum kalten Leuchten des Laptops. Sie nahm Konrad weiterhin wahr, etwas in seinem Gesicht änderte sich, vielleicht öffnete er den Mund. Sie starrte auf die Webseite und aktualisierte die Daten mit der freien Hand. Roberts Flieger war eben gestartet. Sie hatte die Dauer schon berechnet, wusste sie aber nicht mehr. Erneut überschlug sie die Zeiten: Flug, Landung, Ausstieg, Gepäckausgabe, die Wege durch den Flughafen, die Rückfahrt mit dem Taxi. Verzögerungen im Stadtverkehr oder fließendes Durchkommen. So oder so, es wäre ihre letzte Milchportion. Sechs hatte sie in den letzten zwei Tagen im Gefrierfach deponiert, diese würde sie in den Kühlschrank stellen. Damit es schneller ginge. In einer Stunde würde sie Konrad noch mal an die Brust legen. Sie wagte einen Blick zu ihm. Er betrachtete wieder die Tiere, zwischen den Augenbrauen eine Falte, als grübelte er. Sie würde Konrad trinken lassen, solange er mochte, bis sein Kopf schwer wurde und die Augen hinter den halb geschlossenen Lidern verschwanden. Dass Lena ihn jenseits des Hungers nie würde sättigen können, lag klar und schneidend vor ihr. Dann würde sie ihn vorsichtig in seinen Stubenwagen legen, die Spieluhr aufziehen. Sie hatte seinen Schlaf am späten Morgen extra ausgelassen, sodass er hoffentlich lange genug schliefe. Lena dachte an die Tasche im Flur, an den Taxistand links um die Ecke. Ob Robert und sie aneinander vorbeifahren würden. Sie musste sich auf jeden Fall auf die Rückbank setzen, zu den Gehwegen und Hauseingängen hinaussehen. Wobei Robert sowieso den Blick auf Laptop oder Telefon gerichtet haben würde. Sie durfte die Wohnungstür nicht abschließen. Falls Robert seinen Schlüssel verloren haben sollte. Damit sie einfacher aufgebrochen werden könnte. Weiter kam Lena in ihren Vorstellungen nicht.

In der Nacht erwachte sie aus wirren Träumen, den kleb-rigen Geschmack von Karamell im Mund, ihr Oberteil am Kragen feucht, auch das Kissen. Lena überprüfte die Brust, Milch war keine ausgelaufen. Die Brüste waren wieder klein geworden, sie wog sie in ihren Händen.

Sie machte die Nachttischlampe an und stand auf, schob die Matratze vom Bett herunter. Über dem Lattenrost lag eine Auflage aus Filz. In den Fasern verhakt war ein Stück Rinde. Lena hielt es ins Licht. Es war so groß wie ein Finger-nagel, eher grau als braun und ließ mehrere Schichten er-kennen. Der Baum musste die Rinde schubartig gebildet haben. Zum Schutz. Sie steckte das Stück in den Mund, mit der Zunge befühlte sie die schuppige Struktur, es schmeck-te bitter. Ihr wurde heiß trotz der kalten Füße. Sie trat in den Flur, nahm die Taschenlampe und ging über den Hinterhof zum Schuppen. Die Lampe zwischen die Zähne geklemmt, zog sie die Tür zu sich heran und schloss auf. Zielstrebig richtete sie den Lichtkegel auf die verdeckten Gebilde unter den Tischen am Ende des Raums. Sie zog vom ersten das Tuch ab und leuchtete es an. Eine sich kranzförmig öffnen-de Holzarbeit mit einzelnen auseinanderstrebenden Teilen. Sie entfernte das nächste Tuch. Noch eine Skulptur, eine eineinhalb Meter lange Kralle, deren Zähne versetzt an-geordnet waren, als versuchten sie, ineinanderzugreifen. Rasch enthüllte Lena alle Arbeiten. Ein klobiger, kniehoher Quader mit Durchbrüchen von drei Seiten. Die größte Ar-beit bestand aus zwei sich berührenden Pyramiden, die in-nen durchbrochen waren. Lena ließ das Licht der Taschen-lampe jetzt langsamer über die Werke gleiten, tastete sie ab, fokussierte sich. Ihre ersten Assoziationen hatten Kriegsgeräten gegolten, sie nahm eine Brutalität wahr, in der sie sich selbst erkannte und die umso heftiger auf sie wirkte. Jetzt, indem sie sie genau und einzeln betrachtete, erkannte sie, dass die Holzarbeiten fließend waren. Jemand hatte mit einem zwar wütenden, aber auch zärtlichen Gestus gearbeitet.

Lena machte das Licht an, um die Werke genauer ansehen zu können, eine Leuchtstoffröhre beleuchtete sie nun grell. Lena berührte den Quader und strich mit der Hand über das Holz. Sie spürte die Holzfasern und war erstaunt, wie präzise die Säge, es musste eine Motorsäge gewesen sein, bewegt worden war, keine Schleifmaschine war hier eingesetzt worden. Es hatte nur den Schnitt der Säge gegeben. In der Kralle, die nächste Arbeit, der Lena sich zuwendete, hatte der Künstler, intuitiv sah sie einen jungen Mann vor sich, eine fortwährende Bewegung festgehalten. Es war die Dynamik der Motorsäge selbst, die sich in der Skulptur zeigte. Die Kralle war rau und filigran zugleich, wunderschön. Das erste Schöne seit langem, das Lena sah.

Sie schob die Tische beiseite, sie atmete heftig, doch sie brauchte Raum, die Arbeiten brauchten Raum. Sie wollte sie von allen Seiten ansehen. Sie wühlten sie auf, zugleich fühlte Lena sich auf eine Art anwesend, die sie beruhigte. In der Skulptur, die Lena zuerst gesehen hatte, erkannte sie nun auch die Blume, in der Mitte saß ein eckiger Stempel. Der Künstler hatte sie aus einer geometrischen Idee heraus gedacht und gestaltet. Es faszinierte sie, wie die Säge ins Innere geführt worden war, Lena befühlte die Kante.

Am meisten aber beeindruckte Lena die größte Skulptur, die zwei aneinanderliegenden Pyramiden. Durch die großen freien Räume im Inneren, von denen Lena nicht verstand, wie der Bildhauer sie hatte freilegen können, wirkte sie leicht, dabei war das Werk sicher zwei Meter lang und extrem schwer. Faszinierend allein, dass es sich lediglich über eine auf dem Boden aufliegende Seite stabilisierte. Aus einer strengen Konstruktion erwuchs etwas Zartes, Organisches. Das zu sehen und zu verstehen, tröstete Lena. Sie berührte die Spitze mit dem Finger, stellte sich vor, die Skulptur auf der Fingerkuppe zu balancieren.

Im Kühlschrank tropfte es, Lena schob einen Lappen vor die geöffnete Tür. Die wenigen Lebensmittel hatte sie bereits eingepackt. Nun stand sie an der Arbeitsplatte und schnitt einen Apfel klein. Wenn Konrad hier auf dem Boden läge, einen Bauklotz in der Hand, hätte sie ihm einen Schnitz reichen können und beobachten, wie er ihn mit dem kleinen Mund erkundete. Vielleicht wäre das auch gefährlich, in der liegenden Position. Er würde sich verschlucken können. Lena presste die Lippen zusammen, packte die Schnitze in eine Tüte und steckte sie in die Außenseite der Tasche. Sie sah sich im Raum um, er war aufgeräumt und sauber. Lena wrang den Lappen über der Spüle aus und legte ihn wieder vor den Kühlschrank.

Nachdem sie abgeschlossen hatte, ließ sie den Schlüssel in die Gießkanne neben der Tür fallen. Sie öffnete das Tor, schloss es wieder. Rasch war sie am Kreisverkehr, die drei blauen Pfeile auf dem Schild verwiesen aufeinander. Kurz dahinter war die Bushaltestelle.